Lincoln Peirce
NATE EL GRANDE

INVENCIBLE

RBA
LECTORUM

NATE EL GRANDE
INVENCIBLE

Originally published in English under the title
BIG NATE GOES FOR BROKE
Author: Lincoln Peirce

The edition published by agreement with HarperCollins Children's Books,
a division of HarperCollins Publishers.

Text and illustrations copyright © 2013 by United Feature Syndicate, Inc.

Translation copyright © 2013 by Víctor Manuel García de Isusi
Spanish edition copyright © 2013 by RBA LIBROS, S.A.

U.S.A. Edition

Lectorum ISBN 978-1-93-303288-7

Printed in Spain.

10 9 8 7 6 5 4 3 2 1

Para Beanie y papi.

CAPÍTULO 1

A ver, no me gusta presumir, pero resulta que soy el presidente del mejor club que se ha inventado.

El nombre oficial es Club de Cómics E.P. 38, pero nos hacemos llamar Garabatos. Nos reunimos cada miércoles después de clase en el aula de arte y dibujamos cómics hasta que el conserje nos echa a patadas.

Es el mejor club del cole… ¡sin ninguna duda! ¿No me crees? Presta atención:

MATEMÁTICOS:

Un puñado de lumbreras resolviendo problemas de matemáticas súper complicados en la sala de ordenadores... **¡PARA DIVERTIRSE!**

QUE TIENE DE MALO:

¿¡No es obvio!?

CLUB DE CANTANTES:

Para los que creen que algún día van a ser estrellas de la música.

QUE TIENE DE MALO:

A. Cantan constantemente en público (y no se cansan nunca) para que los «descubran».

¡Póngame un poquito de **ARROOOZ!**
¡Uouoooh!

B. No saben cantar.

EN FILA

SOCIEDAD DE EMBELLECIMIENTO DE LA ESCUELA:

Tal y como suena.

Me pone los pelos de punta.

QUE TIENE DE MALO:

Por lo visto, «embellecimiento» significa «pintar murales cursis en el baño de chicos del segundo piso».

¿Ves? La mayoría de ellos son peores que una uña enterrada en el dedo del pie.

¡Pero los Garabatos somos fantásticos! Solo llevamos unos cuantos meses. Y todo empezó...

i... GRACIAS A UN RESTO DE MANTEQUILLA DE MANÍ!

RECUERDO DRAMÁTICO

Era el típico día en clase de sociales.

La señorita Godfrey no paraba de parlotear sobre un muerto que no había sido suficientemente buen presidente como para que su cara saliera en billetes y monedas...

BLA, BLA, bla, bla, bla, bla, bla, bla, bla, bla, bla, bla, Franklin Pierce, bla, bla, bla, bla, bla, bla, bla, bla, bla, Franklin Pierce, bla, bla, bla...

Gina ya había hecho como diecinueve preguntas estúpidas seguidas...

Y me faltaban cinco segundos para entrar en coma.

Entonces, Glenn Swenson pasó por mi lado camino del sacapuntas...

Y, de pronto, ¡las cosas se volvieron MUCHO más interesantes!

Tenía comida en la cara. No es que sea una novedad, Glenn suele llevar encima migas como para alimentar a una familia de cuatro. Pero esta vez era diferente. Tenía un resto de mantequilla de maní del tamaño de una tapa...

Y no tenía ni idea de que lo llevaba. ¡Ni él, ni nadie! Era muy divertido... pero no podía empezar a partirme de la risa en mitad de clase. O «aquella que no debe ser nombrada» se pondría en modo Godfrey Total conmigo. Así que hice lo que hago siempre cuando pasa algo divertido:

¡Dibujé un cómic!

Era un buen cómic. Demasiado como para no compartirlo.

Los profesores siempre preguntan lo mismo. ¿Qué se supone que debes decir, que SÍ? Entonces, hasta Glenn, que es más tonto que un saco de martillos, sabría que me estaba burlando de él. Y eso sería un problema, porque cuando Glenn se enoja, te persigue durante el recreo y te estampa contra la cerca hasta que no puedes respirar.

Decidí que quería seguir respirando.

A partir de ahí, las cosas irían de mal en peor. La señorita Godfrey me quitó el dibujo y lo guardó en su mesa. Después, me dio un papelito de color rosa.

Hola, aula de castigo. Hola, señorita Czerwicki.

¿Qué quería que dijera? Era la verdad. Pero siguió hablando. Lo que no sabía la señorita Czerwicki era que lo siguiente que iba a decir ¡ESTABA A PUNTO DE CAMBIAR LA HISTORIA DEL CÓMIC!

Tengo que admitir que fue una idea brillante... hasta para mí. Fui corriendo y le pregunté al director Nichols si podía organizar un club de cómics...

¡Eh, que son casi las 3:00! El timbre va a sonar en 5... 4... 3... 2... 1...

Hacemos una parada técnica en la taquilla y vamos al aula de arte. El señor Rosa, el profesor de arte, es nuestro tutor.

Todos los clubes tienen un tutor. Es política del colegio. Pero, la mayoría ya tiene uno asignado. El señor Clarke siempre ha dirigido el periódico del colegio y el señor Galvin es el tutor del Club de Ciencias desde la última Edad de Hielo.

Si el tutor te cae bien, no pasa nada. Pero ¿qué sucede si te unes a un club y el tutor es horrible? Pues que eres como un resto de mantequilla de maní en la frente de Glenn Swenson: estás atascado.

Pero los Garabatos tuvimos suerte. Como el club empezaba de cero, nos dejaron elegir tutor. Es que, imagina que hubiéramos acabado con alguien como…

Nos quedamos paralizados. Todos pensamos lo mismo: ¿¡Qué está haciendo aquí!? ¿¡Acaso nos han cambiado de tutor!? Se me revuelve el estómago en cuanto imagino una tarde de los Garabatos con el entrenador John al mando.

—Eh… ¿dónde está el señor Rosa? —se atreve a preguntar Francis. Está nervioso.

El entrenador John se carcajea de una forma que da miedo. ¿He dicho ya que parece que esté loco de remate?

—¡Y aquí estoy! —dice una voz detrás de nosotros.

—Siento llegar un poco tarde, chicos —dice mientras se quita la chaqueta. Le da unas palmadas en el hombro al entrenador John y añade—: Gracias por cubrirme, entrenador.

El entrenador John gruñe una respuesta y se marcha caminando como un pato. Por fin, respiramos.

—Escuchen, pandilla, antes de empezar, quiero presentarles a alguien —nos anuncia mientras nos sentamos. Va hacia la puerta.

¿Colega? ¿Qué quiere decir con ESO? Esta mujer no trabaja en nuestra escuela, la E.P. 38.

—¡Hola, Garabatos! —nos saluda ella sonriente mientras saca una carpeta de su bolso—. Estoy encantada de que el señor Rosa me haya invitado a visitarlos.

—¿Es USTED dibujante de cómics? —pregunta Chad.

—Soy una maestra que INTENTA ser dibujante de cómics
—responde mientras ríe—. Pero no he venido por eso.

¿¡PERDONA!? ¿Ha dicho «otro club de cómics»?

—Lo llamamos CIC, Club de Ilustraciones y Cómics
—prosigue—. Está compuesto por unos treinta chicos y chicas.

¿Cómo? ¿Chicas? Me pongo colorado. Nos miramos entre nosotros de reojo, pero no decimos nada.

—¿Saben? —dice animadamente—, ¡hay muchas chicas a las que les gustan los cómics! —y, a continuación, extiende un montón de dibujos sobre la mesa.

Me quedo con la boca abierta en cuanto los veo. Y a los demás les pasa lo mismo. Hasta Artur tiene los ojos como platos. Él es quien mejor dibuja, pero algunos de estos dibujos hacen que los suyos parezcan muñequitos inmóviles. Estos son PROFESIONALES.

—¿Q-quién los ha hecho? —balbucea Teddy.

—Pues el CIC, claro está —responde la señora Everett—. ¡Mis alumnos!

Nos quedamos en silencio.

—¿Qué alumnos? —pregunta Chad finalmente.

ES DECIR... ¿DÓNDE ENSEÑA USTED?

Trago saliva porque me temo que conozco la respuesta. Aunque, cuando lo dice en voz alta, sigo sintiendo que me ha dado con un ladrillo en la cabeza.

CAPÍTULO 2

Por supuesto, si había una escuela que tuviera un club de cómics más grande y mejor que el de los Garabatos...

¡TENÍA QUE SER LA JEFFERSON!

La escuela Jefferson y la E.P. 38 son archirrivales. O, al menos, así es como nos sentimos nosotros. Aunque los del Jefferson no lo ven exactamente igual.

Y, ¿sabes lo peor? Que tienen RAZÓN.

La Jefferson siempre nos gana. SIEMPRE. Desde que estoy en la E.P. 38, no hemos ganado en NADA contra ellos.

Sus atletas son más atléticos…

Sus músicos son más musicales…

Hasta sus frikis de mates son más frikis…

Sé que ganar no lo es todo. ¡Cómo no saberlo! Los profesores nos lo recuerdan un millón de veces al día.

¿DIVERTIRNOS? Vamos, eso está bien cuando tienes seis años y juegas a béisbol infantil en la guardería Patitos. Pero, con el tiempo, eso de «démosle un trofeo a todo el mundo» acaba por cansarte. Ya no somos bebés. Queremos GANAR.

—¿Cuánto hace que la E.P. 38 ganó a la Jefferson por última vez? —pregunta Teddy.

—¡Qué coincidencia que lo preguntes! —comenta Francis—. Estaba rebuscando en los archivos del colegio para divertirme...

—¿¡SIETE AÑOS!?¿Y en qué ganamos? —pregunta Teddy.

—Debate, creo —responde Francis.

—…el próximo sábado.

Teddy tiene razón. Intentaba no pensar mucho en ello —no quiero echar mal de ojo—, pero el equipo de baloncesto se enfrenta a la escuela Jefferson la semana que viene por primera vez desde que tuvo lugar el campeonato regional del año pasado.

Tremendo fiasco. Pero este año va a ser diferente. Desde luego, somos mejores que la temporada pasada. Y, además, jugamos en casa.

Me dan con una bola de nieve en la cabeza. Todo se queda a oscuras y, luego, me caigo de narices a un charco.

Empiezan a metérseme pedazos de nieve por el cuello de
la camisa. Me levanto de un salto.

Al principio no sé quiénes son porque se agachan tras un
muro que hay en lo alto de la colina.

Entonces, uno se pone de pie y veo la chaqueta morada con mangas doradas y la gran «J» dorada en el pecho.

Empezamos a subir la colina, pero no sirve de nada. Tienen un montón de bolas hechas y, por cada una que les lanzamos nosotros, ellos nos tiran una decena. Es como una avalancha. Solo podemos hacer una cosa...

¡RETIRADA!

Corremos hasta que estamos fuera del alcance de las bolas de nieve… porque las risas todavía las oímos…

JA, JA, JA, JA, JA, JA, JA, JA, JA

¡Y BIEN ALTAS!

—Era Nolan —dice Teddy sin aliento.

—¿Quién?

—Somos vecinos —responde Teddy como si nada—. Es un idiota.

—¿*En serio?* — suelto mientras intento sacarme la nieve de los pantalones.

Debería explicar una cosa. Puede que en tu localidad solo haya una escuela pero, en la NUESTRA, hay CINCO. Y la Jefferson está cerca de la E.P. 38. De hecho, prácticamente en el mismo vecindario. Por eso la rivalidad es tan grande: porque CONOCEMOS a muchos de sus alumnos.

—¿Podemos hablar de otra cosa que no sea la Jefferson? — pide Francis.

—De acuerdo —continúa—. ¿Qué les parece lo que ha dicho la señora Everett?

—Me refería a lo de que el club no tiene chicas.

Me encojo de hombros. La única respuesta que se me ocurre suena un poco tonta:

—Las chicas pueden unirse a nosotros si QUIEREN —dice Teddy—, pero es que ninguna nos lo ha pedido.

—No se lo hemos PREGUNTADO —dice Francis, que habla como mi padre—. Quizá deberíamos hacerlo.

—¡La CUESTIÓN es que acepten, tonto! —se exaspera Francis.

Sé lo que está pensando Teddy. Sí, es posible que haya chicas que puedan llegar a ser buenas Garabatos...

Me echo a temblar, pero no por el frío. Imaginar a Gina entrando en el aula de arte... ¡me da escalofríos!

—¿Qué me dicen de Dee Dee? —pregunta Francis—. ¡ELLA ES muy artística!

—Ya, pero es la REINA DEL DRAMA — responde Teddy con el ceño fruncido.

—Hablando de Dee Dee... — comento—, yo diría que es ella.

—ES ella — dice Teddy mientras ella se acerca—. Y, mírenla, actúa como si estuviera en escena... como siempre.

—No me parece que esté actuando —dice Francis mientras niega con la cabeza. Lo dice muy serio y los tres corremos a su encuentro.

—Dee Dee, ¿qué sucede? —le pregunta Francis.

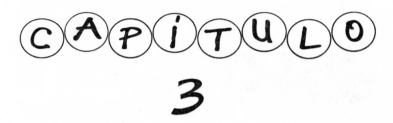

3

Al llegar, vemos a Chad tirado en mitad de la acera como una tortuga boca arriba.

Relájate, Dee Dee. No eres médico. Y representar a la enfermera Ay, en la obra que hicimos en segundo *(El conejito se hace una heridita),* no quiere decir que sepas de qué estás hablando.

—¿Dónde te duele? —le pregunta Francis.

—En el trasero —contesta Chad con un gruñido.

Dee Dee saca el móvil con un gesto exagerado.

—¿Emergencia? —repite Teddy—. ¡Solo le duele el trasero!

—Yo no estoy tan seguro —dice Francis mientras ayuda a Chad a levantarse—. Tengo otro diagnóstico.

—¡Qué TRAGEDIA! —grita Dee Dee como si acabáramos de decirle que a Chad le quedan dos semanas de vida.

¿Ves por qué Teddy dice que es la reina del drama? Coge cualquier situación y la convierte en una obra de teatro. Con ella de protagonista, claro está.

—¿Puedes caminar? —le pregunto a Chad al tiempo que la ignoramos.

—PUEDO, pero no me encuentro muy bien —dice tras dar un par de pasos y hacer un gesto de dolor.

Así que Dee Dee llama a la madre de Chad y esperamos con él hasta que llega.

— Oh, pobre Chad — dice Dee Dee mientras se alejan.

Y tiene razón: pobre. Al día siguiente, tiene que sentarse en una rosquilla.

Es una rosquilla MÉDICA. Es una rosca inflable que parece un salvavidas. Cuando va de clase en clase, parece que lleva en la mano la tapa de un inodoro.

Francis tenía razón: ¡ERA la rabadilla!

Lo siento por Chad. No solo porque esté herido, sino porque... bueno, porque tener mala la rabadilla es embarazoso, ¿no crees? Es decir, cuando hablas de heridas...

45

Tengo suerte, nunca he sufrido una herida de esas de las que te avergüenzas.

—¡Uy! —grita sorprendido el señor Rosa—. Nate, ¿estás bien?

—Sí, estoy bien — digo mientras me levanto.

—Bueno, ya que están aquí — comenta el señor Rosa—, quiero decirles que la señora Everett tenía razón con lo que dijo ayer...

¿Otra vez con ESO? ¿Por qué tenemos que cambiar el club? ¿Por qué fastidiar la perfección?

—Los chicos no son los ÚNICOS que acaban castigados por dibujar cómics —se burla el señor Rosa—. ¡Las chicas también son buenas dibujantes de cómics!

—Reclutar, ¡qué engorro! —mascullo mientras el señor Rosa se va por el pasillo.

—¿Y a quién vamos a reclutar? —pregunta Teddy.

¿Eh? Ahí, ¿DÓNDE? Lo único que veo es un póster para el baile de mañana por la noche.

—Lo ha dibujado DEE DEE —explica Francis.

¡LES DIJE QUE DIBUJA BIEN!

Examino el póster con detenimiento. Pues muy bien, tres hurras por ella. Sabe dibujar una gaviota decente. ¿Por eso se tiene que unir a los Garabatos?

No quiero que nuestras reuniones se conviertan en el Fascinante Programa de Dee Dee.

—¿No podemos reclutar a otra? —pregunto esperanzado.

—¿Y Jenny? —salta Teddy.

No, no. Jenny sería una Garabato GENIAL. Eso es evidente. Pero hay un gran problema:

No me preguntes por qué, pero Jenny y Artur son pareja. Y si se uniese al club, los miércoles por la tarde se convertirían en...

¡Puaj! ¿Se supone que se pueden dibujar cómics mientras esos dos se cuentan las pecas? Prefiero comer ensalada de huevo. Puf, ¡prefiero BAÑARME en ensalada de huevo!

—Ya he hablado con ella —miento—, y no puede.

—¡Pues decidido! —declara Francis con un aplauso—.
¡Que sea Dee Dee!

—¿Y quién se lo va a pedir? —Teddy hace una mueca.

—Vamos a echarlo a suertes —dice Teddy—. ¿Pares o
nones?

—Pares —digo automáticamente. SIEMPRE elijo pares.

UNA
... DOS...
UNA, DOS...

¡...Y TRES!

¡NONES! ¡GANÉ!

¡FELICIDADES, NATE, EL TRABAJO ES **TUYO**!

53

¡Vaya! SABÍA que tendría que haber elegido nones.

Entro en la cafetería de la escuela mientras me devano los sesos en busca de una manera de zafarme. Pero recuerdo lo que nos ha dicho el señor Rosa:

Casualidades de la vida. ¿Quién está sentada a la primera mesa? Dee Dee y su rebaño de amiguísimas del Club de Teatro.

No me oye. Pero no me sorprende.

—¡DEE DEE! —grito una decena de veces. Finalmente,
se da la vuelta.

—¿Qué quieres, Nate?

—Eh… bueno… es que… —balbuceo—. Yo… eh… quería preguntarte una cosa.

—¡Pues vamos, adelante!

Un sándwich mordido pasa volando por nuestro lado y casi me da en la cabeza. Por un instante, pierdo el hilo de lo que estaba diciendo.

—Esto... vaya... se me ha olvidado lo que estaba diciendo —digo nervioso.

—No pasa nada —gorjea Dee Dee—. Sé lo que me ibas a preguntar y la respuesta es SÍ...

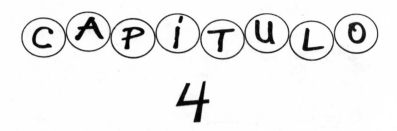

CAPÍTULO 4

A ver, vamos a dejar una cosa clara: antes que pedirle a Dee Dee que viniera conmigo al baile, se lo pediría hasta a la SE-ÑORITA GODFREY. Aunque creo que eso ya no importa...

Lo que pasa es que CREYÓ que eso era lo que iba a preguntarle. Y antes de que pudiera explicarme, salió corriendo a contárselo a todo el mundo.

Dee Dee tiene un tono de voz que podría hacerle un boquete a un barco de guerra, por lo que enseguida se enteró toda la cafetería: ella y yo vamos a ir juntos al baile.

Así es como acabé aquí: a media manzana de distancia de su casa a las 7:10 del viernes por la tarde.

Durante un instante, pienso en irme a casa. Pero no funcionaría. El Control Parental se encargaría de ello.

Además, no quiero perderme el baile. Son cursis, pero ME GUSTAN los bailes de la escuela. Porque yo sé bailar, no como OTRA gente. Fíjate en los pasos de algunos:

¡PISTA DE BAILE DE LA VERGÜENZA DE LA E.P. 38!

PROTAGONIZADO POR...

FRANCIS

Es mi mejor amigo, ¡pero qué soso! Se mueve como un perezoso enyesado de pies a cabeza.

LA PANDA DE ANIMADORAS

Bailan juntas, en grupo; y cada vez que empieza una buena canción, se vuelven locas de atar.

SETH QUINCY, alias BASTONCILLO

Imagina un espantapájaros en un túnel de viento. Cuando empieza a agitar brazos y piernas, ¡los codos y las rodillas se convierten en armas letales!

En cualquier caso, no me queda más remedio que llevar a Dee Dee al baile. Pero ¿cómo voy a hacerlo…?

Respuesta: no tengo ni la más remota idea. Pero no quiero que la gente piense que Dee Dee es mi novia. Tengo que decirle ahora mismo…

¡Uy! ¿Dónde se arregló el pelo? ¿En la frutería? Me sorprende tanto la pirámide de fruta que lleva en la cabeza que me olvido de mi discurso sobre «la amistad». Se lo diré de camino al baile.

O quizá no pueda. Lo intento, pero es imposible. Dee Dee no para de hablar y hablar. No lo entiendo: ¡pero ¿cuándo coge aire?!

Para cuando llegamos a la escuela, ya he tenido suficiente de «El mundo según Dee Dee» para una buena temporada. Llegamos al vestíbulo y...

Puf, es Randy Betancourt, el idiota oficial de la E.P. 38. Es como la rabadilla de Chad: un dolor en el trasero.

Se ríe y dispara una de sus típicas puyas. Por unos instantes, me planteo tirarle una fruta a esa nariz de papa que tiene. Al fin y al cabo, Dee Dee tiene la cabeza llena de munición. Pero…

Dee Dee le borra la sonrisa de la boca a Randy de un plumazo. Se queda pasmado. Incluso yo lo estoy un poco. ¿Qué es lo que acaba de PASAR?

—Se lo merecía —responde mientras se encoge de hombros y cuelga nuestros abrigos—. Si dos amigos quieren ir juntos al baile...

Podría recordarle que es ELLA la que es capaz de convertir en un drama el mero hecho de afilar un lápiz, pero decido no hacerlo. Estoy demasiado ocupado respirando aliviado. ¿Has oído lo que acaba de decir de nosotros?

¡Así que NO le gusto! No de «ESA» manera. Puedo relajarme, que Dee Dee no se va a volver empalagosa y va a empezar a llamarme cosas estúpidas como Costillita de Cordero, Carita de Pan, Conejito Gordito, Gusanito Tierno...

... ABEJITA DULCE, MOQUITO DE AZÚCAR PANDA AMOROSO...

¿NATE? ¿HOOOLAAA? ¡NATE!

VOY A PONERME LA ROPA DE PLAYA.

Buena idea. Cojo la mochila y voy al baño. Estoy muy animado. Descubrir que Dee Dee no está loca por convertirme en su monito

amoroso le ha dado un aire completamente distinto a la noche y al baile.

Desaparece… y toda mi ropa con él. Miro a ver qué llevo puesto… y el estómago me da un vuelco. Unos calzoncillos y un par de calcetines no van a pasar por «ropa de playa».

Asomo la cabeza con la esperanza de ver una cara amiga —y de que nadie me vea a MÍ. Mi infortunio sería completo si, en este preciso instante, me topase con algún reportero del periódico de la escuela.

El vestíbulo está vacío. Todo el mundo está en el gimnasio. A menos que no me importe que la gente piense que he huido de una colonia nudista, estoy atrapado.

Se detiene y mira lentamente hacia mí.

—¿Nate? ¿Qué estás haciendo? —pregunta.

Dudo. Esto es muy vergonzoso. Pero ¿qué voy a perder? Somos AMIGOS, ¿no? Lo ha dicho ella. Y necesito ayuda.

—Vaya, es más idiota de lo que PENSABA —frunce el ceño y refunfuña. Luego, se le ilumina la cara.

¿Que la espere aquí? Qué risa. ¿Adónde quiere que vaya?

Debe de ser alguna regla de las reinas del drama: estar siempre preparada para un cambio de disfraz. No sé qué llevará en la bolsa... pero no tengo dónde elegir. Seguro que es mejor que lo que llevo puesto.

—¡Estás genial! —exclama.

—¿¡GENIAL!? —grito incrédulo—. ¡Pero si llevo puesta una FALDA!

—Es una falda de hierba, genio —dice como si fuera lo más normal del mundo al tiempo que me arrastra al gimnasio.

Es posible, pero Hawái está a ocho mil kilómetros y yo parezco un idiota. Pero para qué preocuparse por los detalles, ¿no?

Entramos en el gimnasio. No paro de rezar para que la gente esté bailando y no se fije en mí. Pero...

Un grupo de chicos se reúne a mi alrededor. Me preparo.

Oye, ¿qué está pasando? ¿No me señalan con el dedo? ¿No me insultan? ¡Pero ¿qué le PASA a la gente?!

—¡FABULOSO, Nate! —dice alguien—. ¡Vas justo IGUAL que ellos!

Estoy a punto de preguntar quiénes son «ellos»... cuando miro al escenario.

¡Voy vestido igual que los del grupo! Bueno... o ellos como yo.

—¡Seguro que los CONOCES, ¿eh?! —dice un chico.

—¿Cómo se te ha ocurrido? —pregunta otro.

—Pues... yo... —balbuceo. No sé qué decir. Pero Dee Dee, sí.

Ahí queda eso. Me hacen unos cuantos cumplidos más y todos empiezan a bailar de nuevo. Dee Dee y yo nos quedamos junto a la mesa de la merienda.

Hum. Y AHORA, ¿qué? Creo que debería decirle algo. Como...

¡Gracias por no ser tan pesada como **CREÍA** que eras!

O...

¡Gracias por salvarme de pasar el resto de la vida en el baño de los chicos!

Aunque no es eso lo que acabo diciendo, sino:

POR CIERTO, ¿DE DÓNDE HAS SACADO ESTO?

PICA, PICA

—Del Club de Teatro —responde, tras lo que pone una pose y exhala un suspiro tan grande que casi me vuela la camiseta—. Me encanta el Club de Teatro.

Sí, Dee Dee, lo sabemos. La vida no tendría sentido sin el Club de Teatro.

De pronto, recuerdo lo que estaba haciendo cuando empezó todo esto: ¡RECLUTAR!

Le hablo del club y de lo buen tutor que es el señor Rosa. Le digo lo divertidos que son los juegos de dibujar a los que jugamos en las reuniones, como el Añadir, el Une las Pecas o el Go... Go... ¡Godfrey!

—Y si te unes —añado—, ¡serás la primera Garabato de la HISTORIA!

—¡Me apunto! —anuncia inmediatamente.

—¡Excelente! —respondo. Y lo digo de verdad. Bueno, casi.

—¡Vamos, a bailar! —grita. Acto seguido, vamos a la pista.

Excepto por el pequeño detalle de que mis ropas deben de estar en algún cubo de la basura, ¡todo ha salido realmente bien!

Sigo pensando que Dee Dee debería apagar el dramamómetro, pero ha conseguido que el baile no sea un desastre total. Es una buena chica.

—¿No te ha caído una gota? —pregunta de repente.

¿Eh? ¿Una GOTA? Qué raro. Puede que una de las mandarinas de su cabeza esté chorreando.

CAPÍTULO 5

Bueno, puede que no pasara EXACTAMENTE así. He usado una cosa que los artistas del cómic denominamos «licencia artística».

Pero es VERDAD que empezó a llover en el gimnasio. Y que TUVE que ayudar a Dee Dee... más o menos. Esta es la verdadera historia:

Al principio, los profesores ni siquiera se dieron CUENTA de que llovía. Estaban muy ocupados con la comida y la bebida. Hasta que saltó la alarma de incendios. AQUELLO fue lo que los apartó de los ganchitos de queso.

Pero no había ningún incendio. Y la lluvia no se colaba por el techo. Después de salir a empujones del gimnasio, el director Nichols nos explicó en el vestíbulo lo que estaba pasando.

—Pues no era para TANTO —gruñó Dee Dee chafada.

—Me temo que el baile va a tener que acabar antes de tiempo —prosiguió el director Nichols.

ENTONCES, aquello se convirtió en un caos. Todos buscábamos nuestras cosas como si estuviéramos en mitad de un concierto de heavy metal. Todavía llovía, la alarma antiincendios no dejaba de sonar y el entrenador John iba de un lado a otro como un sargento instructor desquiciado.

En cuanto salí afuera, fue como entrar en una gigantesca bola de nieve de cristal. No me malinterpretes... me encanta la nieve. Pero ¿alguna vez has ido con falda por una ventisca? ¡Tenía el trasero congelado!

¡Hum, malvaviscos! ¡Mi grupo alimenticio preferido! Empecé a seguir a los chicos, pero entonces…

—Pues… quizás estén en la oficina de objetos perdidos el lunes —respondo. Traducción: «La vida es dura, Dee Dee; asúmelo».

—¿¡Qué voy a hacer AHORA!? —chilla—. ¡No puedo ir a casa por la nieve en SANDALIAS!

¡SE ME VAN A CONGELAR LOS DEDOS!

Estaba claro que la BOCA no se le había congelado. Pero he de admitir que le debía una. De no ser por ella…

…HUBIERA TENIDO QUE EVACUAR EL EDIFICIO EN CALZONCILLOS.

AY… SUBE.

¡OOOH! ¡SÚPER!

¡PLAS! ¡PLAS!

Un mal final para una mala noche. No solo tuve que llevar a Dee Dee a caballito hasta su casa; además, tuve que escuchar cómo representaba sus escenas favoritas de películas de caballos.

¡GALOPA, BELLEZA NEGRA, GALOPA!

Nota personal: NUNCA, ni siquiera por accidente, vuelvas a invitar a una chica al baile.

Veo una luz parpadeante en la ventana de Francis. ¡Es nuestra señal secreta! Cojo los prismáticos y miro al otro lado del jardín.

¡Qué largo se me va a hacer que amanezca!

Exactamente a las 10:00 de la mañana siguiente, Francis y yo llegamos a la falda de la montaña Cluffy. Bueno, en  realidad, no es una montaña. Pero es la colina más empinada de la zona. ¡Es perfecta para deslizarse!

—¿Dónde estará Teddy? —pregunto.

—¡Caramba, TEDDY! —grita Francis, mientras mira detrás de mí con los ojos como platos.

¡EL **NEUMÁTICO SÚPER NIEVE**! ¡HOMBRE, ¿CÓMO LO HAS CONSEGUIDO?!

—Lo he comprado —responde orgulloso—. He ahorrado el dinero que me daban por quitar la nieve de los **caminos**.

Ahora SÍ que me parece emocionante tirarme Cluffy abajo. Subimos hasta la cima y, tras hacer un par de bajadas, Teddy nos deja que lo probemos. ¡Es fascinante!

—¡Es MUCHO más rápido que las planchas! — chillo tras mi primera bajada.

—¿Cuál será el récord de velocidad para los neumáticos? — pregunta Francis.

—VE a consultarlo, friki — suelta una voz áspera.

MIENTRAS, ¡NOS VAS A DEJAR TU JUGUETITO NUEVO!

Es Nolan, el chico que nos emboscó el otro día. Y parece que lo acompaña la mitad del equipo de lucha de la Jefferson.

—Lo estamos usando nosotros —responde Teddy.

—Oh, NO... —responde Nolan como si Teddy hubiera herido sus sentimientos.

Y se lo quita de las manos.

Luego, sus amigos y él se montan encima.

—¡Eh, BÁJENSE! —grita Teddy—. ¡Pueden subir dos personas como máximo!

Y se tiran colina abajo. Pero no llegan muy lejos. Pillan un bache en el primer tramo y...

¡DESASTRE!

Para cuando llegamos hasta el neumático, está más plano que una tortilla… y Nolan y su pandilla se marchan.

—¡MALAS NOTICIAS, llorón! —grita.

Qué sentimiento de impotencia. ¿Qué vamos a hacer, PE-LEARNOS con ellos? Esos tipos son enormes. ¡Nos pega-rían una tremenda paliza!

—Solo lo he utilizado dos veces... — dice Teddy abatido. Está a punto de llorar. Es normal.

—Llevémoslo a mi casa —le digo a Ted-dy—. Podemos intentar ponerle un parche —aunque era evidente que poco se podía hacer.

Caminamos en silencio hasta que...

Frente a la E.P. 38 hay un montón de camionetas y camiones, como si fuera la hora de salida de la escuela. ¿A qué viene tanto movimiento un sábado?

—¡Ese es el padre de Dee Dee! —comenta Francis mientras señala a un señor fornido que hay en la acera.

—Así es, pero primero hay que limpiar todo esto. Está todo FATAL.

¿Quiere acabar con el moho? Es sencillo: cierre la cocina de la cafetería.

—Pero ¿cómo iremos a la escuela con las obras de por MEDIO? —le pregunta Francis confundido.

—NO PODRÁN —responde el padre de Dee Dee mientras se encoge de hombros.

CAPÍTULO 6

Bienvenido al día más feliz de mi vida.

—Sí, lo sé —responde mientras nos quitamos toda la ropa para la nieve—. Acabo de leer el correo electrónico del director.

—¿TAMBIÉN explica mi plan maestro para el lunes por la mañana? —pregunto—. Voy a levantarme temprano y voy a salir a la calle...

—Hablando de la Jefferson... —empieza a decir papá, que sonríe de manera extraña.

—¡Puf! ¿Podemos no hablar de la Jefferson? —gruño—. Esa escuela está llena de idiotas.

—¿De verdad? —levanta una ceja y se encoge de hombros—. Bueno, pues no diré nada más.

¿Eh? ¿Para qué, para leer la emocionante descripción del director Nichols del moho que hay en la sala de profesores? No, gracias. Tenemos mejores cosas que hacer.

—Ya pueden ir olvidándose de las vacaciones... —Francis está mirando el portátil de mi padre —. Escuchen esto.

> **Durante la reparación de la E.P. 38, sus hijos no perderán ni una clase. Nuestra prioridad es que la enseñanza y el aprendizaje sigan adelante sin interrupción.**

—¿¡QUÉ!? —gritamos Teddy y yo al unísono.

—En otras palabras: que tenemos que ir al colegio — explica Francis.

—¿Y dónde, en un IGLÚ? —pregunta Teddy.

—Durante las dos semanas siguientes —Francis sigue leyendo—, las clases se darán en el patio de nuestra institución hermana...

No puede ser verdad. ¡ESTO ES UN ULTRAJE!

Pero Teddy y Francis llaman a casa y, ¿sabes qué?, que sus padres han recibido el mismo correo electrónico. Menuda patada en el trasero.

Me siento más desinflado que el neumático de Teddy. Ir a otra escuela durante dos semanas ya es bastante malo... ¡como para que encima sea la JEFFERSON! Piensan que somos patéticos... y esto lo demuestra.

—Me largo —murmura Teddy.

Sé a qué se refieren. El día se ha echado a perder más rápido que el guiso de atún de mi padre. Me despido de ellos, subo a la habitación y me tiro en la cama.

No es la primera vez que estoy así (y no me refiero a tirarme en la cama). Me refiero a esta SITUACIÓN... en la que algo que PARECÍA maravilloso se convierte en una plasta gigante. Esto es lo que sucedió:

Mi humor no había mejorado mucho el lunes por la mañana, mientras los chicos y yo íbamos hacia la Jefferson.

Nos volvimos y vimos a Dee Dee corriendo hacia nosotros. Claro. ¿QUIÉN si no iba a chillar «yuuuju» a las 7:30 de un lunes por la mañana?

—¿EMOCIONANTE? —repito incrédulo.

—Pues claro —dice Teddy y pone los ojos en blanco como diciendo «pero tú, ¿de qué planeta vienes?».

—A mí eso me da igual —contraataca Dee Dee—. Cuando la gente se ríe de uno es porque se FIJA en uno.

Dee Dee se queda callada… al menos, dos segundos. Tras los que nos SUELTA:

Nos quedamos paralizados. Los tres la miramos, completamente estupefactos.

—No, ¡SON bebés! —insiste—. ¿Por qué les da tanto miedo la Jefferson?

—¡No es que nos dé MIEDO! —respondo.

—Nadie gana SIEMPRE —declara.

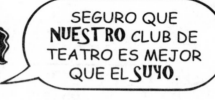

SEGURO QUE **NUESTRO** CLUB DE TEATRO ES MEJOR QUE EL **SUYO**.

Oooh. Gracias, Dee Dee. La próxima vez que los abusones de la Jefferson me estén tirando bolas de nieve a la cabeza, les recordaré que no son rival para la E.P. 38 en la importantísima y vital categoría de teatro musical.

Mientras tanto, ella sigue parloteando.
—Lo único que digo es que...

... **TODO** EL MUNDO PUEDE PERDER.

¡TODOS TENEMOS UN **TALÓN DE AQUILES**!

Vale. Signifique lo que signifique ESO. No tengo tiempo para pararme a pensar porque...

Me quedo boquiabierto. Vaya. ¿Esto es una ESCUELA? ¡Pero si parece un MUSEO!

Hay vitrinas por todos lados, todas ellas llenas de montones de trofeos. Hay murales en las paredes y adornos colgantes. ¡Hasta tienen un TRAGA-LUZ! Y en mitad del vestíbulo, tienen un pedestal descomunal...

… con un guerrero.

Perdón, un CABALLERO. Siempre nos están diciendo que su mascota es mejor que la nuestra… y puede que tengan razón.

Comparado con este rey Arturo, el lince disecado del vestíbulo de la E.P. 38 parece sacado de un basurero.

—¡Bienvenidos a la escuela Jefferson! —brama una voz a nuestra izquierda.

—¡Y nosotros! —dice Dee Dee quien, por lo visto, se ha proclamado portavoz oficial.

—Queda un rato para que empiecen las clases —dice la señora Williger.

¿En nuestra CASA? Sí, seguro. Este lugar es tan acogedor como el Gran Cañón.

Tiene razón. Cuanto más miramos, más cosas elegantes
vemos.

—Menudo lugar, ¿eh, chicos?

—¿Qué hace usted AQUÍ? —pregunta Teddy—. Creía que estaba arreglando NUESTRA escuela.

—Será mejor que se encargue la gente que sabe lo que hace... —se ríe—, como el padre de Dee Dee.

—¿Los profesores de la E.P. 38 también están en la Jefferson? —le pregunta Francis.

117

—¡Por supuesto! —responde.

Vaya. Esperaba librarme de la señorita Godfrey durante dos semanas... pero mi esperanza se ha esfumado...

Sí, claro, grandulón, sorpréndenos. Teniendo en cuenta lo FABULOSO que es esta escuela...

El director Nichols nos guía por un laberinto de pasillos y nos hace bajar unas escaleras.

—¡Ya casi hemos llegado! — dice animadamente al tiempo que empuja una puerta de metal. Pero… ¿por qué dice SALIDA encima de la puerta?

—¡Ya estamos! —anuncia el director Nichols.

CAPÍTULO

7

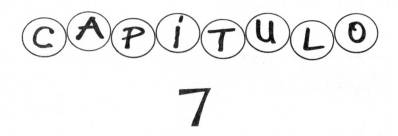

Estábamos en la puerta trasera de la Jefferson, observando un... un... bueno, no tengo ni idea de qué observábamos. ¿Qué eran aquellas cosas?

—Son aulas modulares, Nate —explica el director Nichols—. La Jefferson las usó el otoño pasado, cuando renovaron el ala de séptimo...

¿Afortunadamente para nosotros? ¿Lo dice en SERIO? ¿Qué tiene de afortunado recibir clase en una CAJA DE ZAPATOS gigante?

—¡Considérenlo una gran aventura! —nos dice.

Esto... ni mucho menos. No, a menos que el campamento esté en mitad de un estacionamiento. Pero, evidentemente, es lo que TIENE que decir el director. Hacer que las tonterías suenen bien es uno de los trabajos de TODOS los adultos.

—Están en el aula F —el director nos guía a una de las cajas.

—¿Has oído eso, Nate? —suelta Teddy—. ¡El aula F!

Abrimos la puerta y ahí está la señorita Godfrey. En la E.P. 38, siempre está rodeada de libros, mapas y otros instrumentos de tortura. Aquí, en cambio, solo tiene una mesa endeble. Es distinto.

Distinto, pero exactamente igual.

—Bah —digo mientras miro a mi alrededor—. Las aulas de VERDAD tienen murales y pósteres y cosas...

—Sí —dice Teddy mientras asiente—, el único lugar al que se puede mirar es... —y señala a la señorita Godfrey en silencio.

—Pues menudo panorama —bromeo.

—Miren la PARTE BUENA, chicos —dice Francis animado—, como nos han separado de los estudiantes de la Jefferson...

Hum, en eso tiene razón. Según se va llenando la clase y cuando suena el timbre, aquello se parece más y más a un aburrido y soporífero día de clase. Para la tercera hora, ya casi he olvidado que estamos en LA Jefferson.

Y llega la hora de la comida.

Incluso la Jefferson, por muy fabulosa que sea, solo tiene una cafetería. Eso implica que van a TENER que compartirla con nosotros. Cuando suena la campana del mediodía, salimos disparados de la ciudad de cajas

y entramos en el edificio principal.

—Disculpa, ¿por dónde se va a la cafetería? —le pregunta Francis a uno de la Jefferson.

—Vaya… —murmura Teddy mientras avanzamos por el pasillo—, qué montón de estirados.

—¿Cómo llamarán a los BAÑOS? —pregunta Francis.

Doblamos la esquina y vemos una multitud de chicos entrando en la cafetería (no, NO pienso llamarla «plaza de comida»). Y entonces nos damos cuenta: algo huele…

Qué raro. Estamos acostumbrados a que NADA huela bien en la escuela. Es que, sinceramente, la E.P. 38 es el lugar más apestoso del mundo.

126

—¡CARAMBA! —exclama Teddy—. ¿¡Han visto el MENÚ!?

No creemos lo que vemos. ¡Nada de estofado de ciruelas! A ver, no nos gusta la Jefferson, ¡pero sí nos gusta su COMIDA!

—¿A qué esperamos? —pregunta Francis.

Me vuelvo y veo a Chad con su rosquilla para la rabadilla. Y, ¿sabes quién es el que lo está mirando? Nolan. Teddy tiene toda la razón: PROBLEMAS.

—Ya no eres de la E.P. 38 —se burla.

Eso ha sido feo. Chad es el niño más bajito de sexto. Y le ha dolido. Lo último que necesita es que un idiota como Nolan se meta con él.

—¡O quizá NO sea la tapa de un inodoro! —sigue Nolan entre risas.

Busco algún profesor, pero no veo ninguno. Típico. Cuan-

do no quieres que haya ninguno, son como tu sombra.
Pero cuando los NECESITAS... buena suerte.

Cierro los puños. No soy rival para Nolan, pero ALGUIEN
tiene que ayudar a Chad.

Va directa a Nolan y le pone el índice en el pecho.
—Devuélvele la almohadilla — le exige.

Nolan mira rápidamente a su alrededor para comprobar que no hay profesores. Luego, se quita la mano de Dee Dee de encima de un manotazo.

—Lárgate —le gruñe.

—La va a matar —dice Francis. Tomo aire.

—Venga, Nolan, devuélveselo —dice Teddy mientras nos ponemos al lado de Dee Dee y de Chad.

—¿Por qué? —pregunta y se ríe en la cara de Teddy.

Adiós a la teoría de mi padre sobre los abusones.

Gracias por compartir tu sabiduría, papá. Guardaré el consejo con otras de tus brillantes teorías como: «Hacer la cama cada día hace que vivas más años» y «Si la cono-

cieras de verdad, muy probablemente, la señorita Godfrey te parecería una buena persona».

—¡Dámelo! —suelta Dee Dee de pronto mientras intenta quitarle la rosquilla a Nolan. Pero es muy rápido para
ella.

Se lo lanza a uno de sus amigotes, pero se desvía un poco
del objetivo.

Para cuando me doy cuenta de que estoy perdiendo el equilibrio, es demasiado tarde. No hay manera de evitarlo. ¡Cuidado!

Uf... Me quedo atontado en el suelo, con la esperanza de no haberme unido al club de la rabadilla de Chad.

—¡Dios mío, Nate, ¿estás bien?! — es el director Nichols. Qué buen momento. ¿AHORA llegas?

La señora Williger también está aquí. Pero no tiene cara de buenos amigos, como esta mañana.

—¿Desorden? —protesto—. Pero si yo...

—Luego lo resolveremos, Nate —me dice el director Nichols—. Ponte de pie.

—¿Qué te duele? —me pregunta.

—¡La muñeca! —chillo. Intento doblarla, pero noto un dolor de cincuenta puntos en una escala del uno al diez.

—¿Se va a morir? —pregunta Dee Dee.

—Creo que saldrá de esta —responde el director Nichols mientras me ayuda a levantarme del suelo.

8

—No es un chiste tan malo —dice Teddy a la mañana siguiente, camino del aula de arte —, para haberlo hecho un director.

—Nooo —gruño—. ¿Qué tiene de gracioso romperse la muñeca?

Ay, claro, que Francis SIEMPRE tiene algo que decir. Y tener un trozo de yeso alrededor de la mano durante el mes siguiente va a ser el centro de todas las bromas.

Antes pensaba que llevar un yeso era FANTÁSTICO. El año pasado, Eric Fleury se rompió el brazo y todos lo trataban como a «don Famoso». Las chicas hacían cola para firmarle el yeso.

De repente, el hombre era un imán para las nenas. Y eso que lo único que hizo fue caerse en el patio de la escuela mientras hacía movimientos patéticos de kung fu. Al menos, yo intentaba ayudar a Chad.

Da igual. El momento de gloria de Eric duró unos tres minutos. Después, nos dijo que el yeso se había converti-

do en una molestia y, chico, qué razón tenía. Esta cosa está caliente. Pica un montón. Y empieza a oler como los calcetines del entrenador John.

Pero ¿sabes lo peor de todo? ¡Que la llevo en la mano derecha! ¡La mano con la que DIBUJO!

Una deducción brillante, Chad. Pero hay un pequeño problema… ¡NO PUEDO DIBUJAR!

Sí, lo he INTENTADO. Es lo primero que hice ayer en cuanto llegué a casa del hospital. Pero, con este ridículo yeso, no puedo ni sujetar el lápiz. ¡Es como llevar una manopla de cemento!

Así que pasé al plan B: dibujar con la izquierda.

Patético, ¿no? ¡Hacía mejores dibujos en la GUARDERÍA!

Y mi padre lo estropeó aún más con esas falsas alabanzas típicas de los padres. Lo odio.

Así que ya sabes por qué no me pongo a dar saltos de alegría cuando el señor Rosa nos dice que nos pongamos a dibujar. Pero lo intento.

—Deberías probar poniéndote el lápiz en la nariz —me dice Teddy cuando ve el perro que he dibujado... que se parece más a una araña radiactiva.

—Pruébalo TÚ —le suelto.

—Yo no tengo rota la muñeca —me recuerda.

—¡Chicos, faltan cinco minutos! —anuncia el señor Rosa. Mientras empezamos a recoger, se para junto a nosotros.

—Eh, chicos, ¿recuerdan a la señora Everett? —pregunta.

—¡Claro! —responde Francis—. ¡La que vino a la reunión de los Garabatos!

En cuanto acaba la clase de ciencias (ni un segundo después, porque el señor Galvin está a punto de marcar otro récord de mínimos en su escala de carisma), los Garabatos vamos al aula de la señora Everett...

... con nuestra nueva compañera.

¡QUÉ **EMOCIONANTE!** ¡NUNCA HABÍA ESTADO EN UNA REUNIÓN DE CLUBES DE CÓMICS! ¿CÓMO CREEN QUE SERÁ? ¿CUÁNTOS CHICOS DE LA JEFFERSON HABRÁ? ¡TENGO MUCHAS GANAS DE VER LOS CÓMICS DE LOS DEMÁS! ¿CONOCEN A ALGÚN DIBUJANTE FAMOSO? ¿Y SI ALGÚN DÍA **SOY** UNA DIBUJANTE FAMOSA?

Dee Dee no deja de parlotear como si fuera un chihuahua con una subida de azúcar. Imagino que se muere de ganas de escuchar cómo el todopoderoso CIC nos dice cuánto TALENTO tienen sus miembros. O puede que no pueda esperar a ver uno de mis estúpidos dibujos hechos con la mano izquierda.

—Está todo en silencio —afirma Teddy mientras nos acercamos a la puerta abierta—. ¿Seguro que es aquí?

—¡Están EXACTAMENTE en el lugar adecuado! —dice la señora Everett al tiempo que nos indica que pasemos.

¡Qué fuerte! La Jefferson tiene el aula de arte con más estilo que he visto jamás. Y está llena de alumnos dibujando.

Algunos levantan la vista y saludan con la cabeza, pero la mayoría ni nos mira. Sigue dibujando. Vaya... es como una CADENA DE MONTAJE.

—Sí —dice la señora Everett—, tienen un plazo de entrega.

—Es una revista literaria local —nos explica la señora Everett—. ¡Ha organizado un concurso de escritura para niños!

—Pero los cómics... no son ESCRITURA —Chad está perplejo.

—¡CLARO que sí! —responde ella.

—Si están interesados, tengo formularios de inscripción.

—Ahora vuelvo —dice la señora Everett sonriendo.

Todos hablan excitados mientras la profesora va a su mesa. Excepto yo. Yo no digo nada.

—¿Qué te pasa, hombre? —me pregunta Teddy.

—¿Eh? —mascullo.

—Pues a que no puedo PARTICIPAR, Einstein —respondo—. Y estoy en medio de mi MEJOR aventura del doctor Cloaca...

—¿Y por qué no colaboras con alguien? —me sugiere la señora Everett cuando vuelve—. Podrías escribir el resto de la historia y uno de los Garabatos podría dibujarla.

¿Qué? Vaya, VAYA. No te ofendas, Dee Dee, pero no estás en mi lista de mejores dibujantes. Colaboraría con Francis o con Teddy. Incluso con...

—¡Creo que es una GRAN idea! —el señor Rosa acaba de aparecer de la nada.

¡Basta ya! Ya la llevé al baile y, después, a caballito hasta su casa. ¿Es que no he sufrido suficiente? Pero el señor Rosa no se quita su cara de tutor risueño. Caramba. Creo que no hay vuelta atrás.

—Devuélvanmelos el viernes junto con los cómics.

—Háblame del doctor Cloaca. —Dee Dee coge su silla y se sienta a mi lado —. ¿De qué trata?

—Ya, pero esto no es el Club de Teatro —le susurro—. Esto está... —dudo.

—¿Qué sucede? —me susurra.

Miro a mi alrededor y veo que todos los de la Jefferson están volcados en sus dibujos.

No estoy acostumbrado a esto. Las reuniones de los Garabatos son DIVERTIDAS. El señor Rosa nos deja hablar, poner la radio y comer. Esto es muy diferente.

—Tienes razón, esto está espantosamente en silencio —dice el señor Rosa. Luego, me guiña el ojo—, ¡pero seguro que los Garabatos pueden hacer algo para animarlo! —y se acerca a la señora Everett—. ¿Quieren que les enseñemos un juego de dibujo muy divertido? —le dice.

—¡Pues claro! —responde ella.

—¡Chicos, cojan una hoja en blanco! —pide el señor Rosa.

—Ya lo irán descubriendo mientras jugamos —les responde—. Al final del juego, ¡habrán dibujado un personaje nuevo de pies a cabeza!

—¡Aunque puede que el personaje no TENGA cabeza! —se ríe Chad—. ¡NI pies!

—¡Yo primero! —digo—. Dibujen... hum...

—¡Y eso es lo ÚNICO que van a dibujar! —explica el señor Rosa—. ¡Hasta que la SIGUIENTE persona diga qué añadir! ¡A ver, Teddy!

—¡Bien! —exclama el señor Rosa—. Ahora, dibujantes, les corresponde a USTEDES decidir DÓNDE van a dibujar esa pata de palo.

—Mi dibujo es una nariz con verrugas y una pata de palo flotando en el aire... —dice confundido uno de los de la Jefferson.

—¡Perfecto! ¡Lo estás haciendo genial! —responde el señor Rosa—. ¿Quién es el siguiente?

Como siempre digo: ¡No hay nada como el juego de Añadir para romper el hielo! Cuando llega el momento de que enseñemos los dibujos, estamos todos partiéndonos de risa. Cada dibujo es divertidísimo. Y, aunque no lo creas, ¿sabes cuál es mi preferido?

por la
Fantástica
Amistosa
Brillante
Única
Locuela
Original
Sandunguera
Alegre

DE
MODA

¡DEE DEE!

—¡Ha sido FABULOSO! —dice Dee Dee mientras salimos del aula de la señora Everett una hora más tarde—. ¡Debería haberme unido a los Garabatos hace AÑOS!

—Hace años no EXISTÍAMOS —señala Francis.

—Ha sido una buena reunión... —digo—, cuando los del CIC han empezado a HABLARNOS.

—Sí, algunos eran muy simpáticos —añade Dee Dee—. ¿VEN?

CAPÍTULO
9

Vaya... viene una chica.

No, espera. Voy a empezar otra vez.

Una chica SÚPER LINDA viene hacia aquí y...

¡... me está mirando a mí! ¡BINGO!

—Eres Nate, ¿verdad? —pregunta.

—Eres bueno, chico —musita Teddy. Le doy una patada en la espinilla.

—Quería decirte —empieza a decir la chica misterio-sa— que todos pensamos que fue GENIAL la manera en la que te enfrentaste a Nolan en el comedor.

—¡Claro! Creo que tengo un boli por... —ASÍ es como debió sentirse Eric Fleury.

—Tranquilo, yo tengo uno —dice rápidamente y saca un rotulador del tamaño de un chorizo.

¿Qué pasa? Dobla la esquina y oímos una explosión de risas. Se me encoge el estómago y miro la escayola.

Y cuando vuelve… no está sola.

Se marchan partiéndose de risa. Y te aseguro que no están contando chistes de «se abre el telón».

—Eso fue un sucio truco — dice Artur.

— Quieres decir «truco sucio» — le corrige Francis.

—¡A mí no ME culpes! —Dee Dee levanta los brazos y protesta—. ¡Yo tan solo quería ver el lado positivo!

—No HAY «lado positivo» —suspira Chad.

¿En el PARTIDO del sábado? Yo voy a estar sentado en el banquillo. No puedo jugar al baloncesto con esta «muñequera» gigante...

—¿Es que no se va a posponer? —pregunta Francis—. En el gimnasio de nuestro colegio no se puede...

—No vamos a jugar en la E.P. 38 —lo interrumpe Teddy—. ¡Vamos a jugar AQUÍ! ¡En la Jefferson!

¿Qué es esto? ¿Es otro ejemplo del caso terminal de protagonismitis de Dee Dee o...?

—No —responde con los brazos en jarras—. Sencillamente, señalo lo inútil que es quejarse sin hacer nada...

—De acuerdo, entrenadora, ¿cómo vamos a ganar? —le pregunto sarcásticamente. Por lo visto, Dee Dee se ha convertido en toda una experta en baloncesto de la noche a la mañana.

—Encontrando el punto débil de la Jefferson, claro está.

¡ENCONTRANDO SU **PUNTO DÉBIL**! ¡**CARAMBA**, ¿CÓMO NO SE **ME** HABÍA OCURRIDO?! ¡QUÉ **FÁCIL**!

—No he dicho que fuera fácil, pero la Jefferson no es indestructible.

Es la SEGUNDA vez que dice eso. ¿Quién es el tal Aquiles? ¿Y qué tiene que ver su TALÓN con todo esto?

Una vez en casa, decido descubrirlo.

—Papá, ¿qué es el talón de Aquiles?

¿Quién TE ha preguntado nada, Ellen? Pero antes de que pueda detenerla, me sacude con unos papeles en la cara.

—¡Escribí esta redacción en cuarto! —presume.

Diferencia número 7.387.289 entre Ellen y yo: las redacciones que yo hice en cuarto curso están en algún vertedero y las que hizo ella están bien ordenadas en un estante de su habitación, junto a su preciada colección de osos panda de plástico.

El mito de AQUILES

por Ellen Wright Cuarto curso

En la antigua Grecia, la diosa **Tetis** se enamoró de un mortal llamado **PELEO**. Tuvieron un hijo y lo llamaron **Aquiles**.

Cuando Aquiles era un bebé, Tetis decidió que quería que fuera inmortal, como ella, por lo que lo llevó al **río Estigia**. Las aguas del río eran mágicas y hacían **indestructible** todo lo que tocaban.

Tetis sujetó a Aquiles por el talón y lo metió en el río, ¡pero no se dio cuenta de que el agua no tocó el talón!

Aquiles creció y se convirtió en el mejor guerrero del mundo. En aquella época, se libraba la **guerra de Troya**, entre griegos y troyanos. Aquiles estaba en el bando de los

(¡sigue detrás!) ⟶

165

griegos. Al principio, Aquiles no quería luchar porque estaba enfadado con **Agamenón**, el líder del ejército griego. Pero cuando mataron a **Patroclo**, su mejor amigo, Aquiles se unió a la batalla.

Miles y miles de flechas troyanas daban a Aquiles, pero no le hacían nada. Hasta que...

Una flecha le dio en el talón, ¡la única parte de su cuerpo que no se había mojado con las aguas protectoras del río Estigia! Y, por eso, murió.

Así, cuando la gente dice que algo es tu «**talón de Aquiles**», quiere decir que es una pequeña debilidad que te puede causar <u>grandes</u> problemas. ¡Me ha parecido muy interesante! ¿Y **a ti**!?

FIN

Sí... bueno... es BASTANTE interesante pero ¿por qué voy a DECÍRSELO? No es mi trabajo inflar su ego. ¡Ellen viene con una bomba incorporada!

La puerta. Ya abro yo.

Hasta ahora, había pensado que Dee Dee era un poco rara. Bueno, puede que más que un poco... pero estaba seguro de que era inofensiva. Ahora, no estoy tan seguro.

Creo que está peor de lo que pensaba.

¡GROAR!

—¿Por qué vas vestida de gato? —pregunto. Aunque, PODRÍA haberle preguntado: «¿Es que te has vuelto loca de remate?».

—¡Estoy probándome un disfraz! —responde animada—. ¡Pero no soy un gato CUALQUIERA…!

¡FSSSH!

i... SOY EL **LINCE** DE LA E.P. 38!

¡GROAR!

—Voy a ponérmelo el sábado para el partido ¡y a animar hasta que ganemos! ¡Voy a ser la mascota!

—¿¡Estás LOCA!? — grito —. ¡No puedes aparecer en la Jefferson vestida ASÍ!

—¡CLARO QUE NO, tonto!

—Pero los linces son FE-ROCES... —le digo—, ¡y parece como si fueras a ponerte a jugar con un OVILLO en el suelo!

—¡Bah! —responde.

—Si tengo que acabar tu historia del doctor Cloaca, será mejor que empiece cuanto antes.

Ah, ya, se me había olvidado.

DEE DEE VESTIDA DE **GATO GIGANTE** ME HA PUESTO LOS **PELOS DE PUNTA**.

Cojo unas cuantas hojas de mi habitación. Pero esto no me gusta nada. ¿Y si Dee Dee acaba por destrozarme el cómic? ¿Y si lo hace muy... a lo DEE DEE?

LA PRIMERA PARTE ESTÁ ACABADA; Y LA SEGUNDA, LA ESBOCÉ A LÁPIZ. ASÍ QUE SOLO TIENES QUE REPASARLA CON BOLI. NO TIENES QUE... EH... AÑADIR DETALLES RAROS O... ES DECIR... NO HAGAS NADA... NINGÚN... YA SABES... NO HAGAS CAMBIOS... ES DECIR...

—Nate, TRANQUILO, ¡que no voy a estropear el cómic!

¿Y qué sucede? Que dos días después, Dee Dee entrega el cómic del doctor Cloaca ¡SIN ENSEÑARME CÓMO HA QUEDADO!

—No me daba TIEMPO a enseñártelo —me explica el viernes a última hora.

No es que no le crea, es que quería VERLO primero. Después de todo, el doctor Cloaca es MI creación.

Pero lo hecho, hecho está. No puedo hacer...

—¡Aquí! —susurra una voz.

—Chad, ¿eres tú? —pregunta Dee Dee.

—¡Sí! —sigue hablando en susurros—. ¡Entren!

Dee Dee y yo nos colamos por la rendija.

—Cierren la puerta —dice Chad—, no creo que nos dejen estar aquí dentro.

En realidad, solo es un armario enorme lleno de todo tipo de cosas: material de ciencias anticuado que parece sacado del laboratorio del doctor Frankenstein, un par de bicis viejas, un cortacésped, una lechuza disecada...

—¡Oooh! — exclama Dee Dee.

—¿OTRA? — digo —. ¡Pero si ya tienen una en el vestíbulo!

—Es verdad —dice Chad—. ¿Para qué quieren DOS?

—Porque son el doble de buenos que los demás —gruño—. ¡Son de la JEFFERSON!

—Me escondía.

—¿Te escondías? —repito mientras salgo al pasillo.

—¡AQUÍ estás, enano! —Nolan se burla de Chad.

—No estábamos jugando a nada —y aprieto los dientes.

—Ah, claro, ¡se me OLVIDABA! —ruge Nolan—. ¡Que la E.P. 38 no juega bien a NADA!

—Lo único que veremos mañana es que un LINCE no es rival para un CABALLERO —responde Nolan.

CAPÍTULO 10

No siempre puedes creer lo que ves. Como este marcador, por ejemplo.

Probablemente estés pensando: ¡Vaya, la E.P. 38 lo ha conseguido! ¡Ha derrotado a la Jefferson 43-29!

No, ¡nada de eso!

La cuestión es que el marcador solo es de DOS DÍGITOS. Nosotros conseguimos 43 puntos, eso sí. Pero la Jefferson no consiguió 29, sino...

Y yo no pude sino quedarme allí sentado y PRESENCIARLO. Tenía ganas de saltar a la cancha y darle a alguien con el yeso en la cabeza... pero me contuve. No quería requeterromperme la muñeca.

Chad estaba en la grada a mi lado, haciendo fotos para el anuario. Genial. Podemos ponerlas en una página llamada «momentos más humillantes».

Pobre entrenador. Normalmente es súper positivo pero, esta vez, parecía que hubiera perdido: a) a su perro; b) a su mejor amigo y; c) un partido de baloncesto... ¡por OCHENTA Y SEIS PUNTOS!

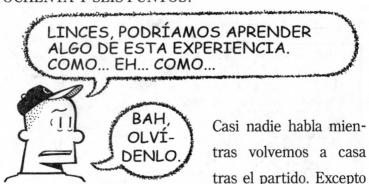

LINCES, PODRÍAMOS APRENDER ALGO DE ESTA EXPERIENCIA. COMO... EH... COMO...

BAH, OLVÍDENLO.

Casi nadie habla mientras volvemos a casa tras el partido. Excepto Francis. Cada vez que perdemos con la Jefferson, tiene que analizar qué es lo que ha salido mal.

—Ataque, defensa, rebotes... —dice—. ¡Es que nos han ganado en todo!

¡EN **TODO**, NO!

¡HEMOS GANADO **CLARAMENTE** LA BATALLA DE LAS **MASCOTAS**!

—Pero si ellos no TENÍAN mascota... —apunta Chad.

—¡Exacto! —responde Dee Dee—. ¡Por eso he ganado!

—Qué ridiculez —comenta Francis.

—¡Chicos! —grito—. ¡HAGÁMOSLO!

—¿Hacer qué? —preguntan.

—¡Eso es! —respondo—. Nos han ganado en todas las actividades OFICIALES...

—¿Como cuál? —Francis se muestra escéptico.

—YO me encargo —respondo.

¿Has leído alguno de los libros de Gran Cerebro? ¡Son fascinantes! El personaje principal, Tom, es un genio. Como yo. Cada vez que tiene un problema y tiene que resolverlo, piensa en ello justo antes de acostarse. Entonces, su «gran cerebro» encuentra la solución mientras duerme. Cuando se despierta ¡tiene una respuesta!

Pero no funciona. Cuando abro los ojos a las 8:00 de la mañana...

… Lo único que recuerdo es que he soñado que la señorita Godfrey se ahogaba en un océano de papitas. Pero de grandes ideas, nada. Nada de soluciones perfectas. Me parece que mi cerebro se ha tomado la noche libre.

Y la mañana. Pasan las horas y sigo sin tener nada. Nunca había estado tan en blanco desde el último examen de ciencias. (¿A quién le IMPORTA el sistema digestivo de una mosca de la fruta?). Bueno, que necesito ayuda.

Sé a quién pedírsela. Alguien con experiencia. Alguien que sepa de qué está hablando.

El señor Rosa lo entenderá. Al fin y al cabo, ya era profesor de la E.P. 38 antes de que yo NACIERA.

—Queremos retar a la Jefferson a... a... algo —voy directo al grano.

—Hum. ¿A qué tipo de «algo»?

—Eso es lo que no se me ocurre —admito.

—Bueno, nadie es bueno en TODO —dice—. Y no subestimes a la E.P. 38. Ustedes también tienen puntos fuertes.

—Piensa en la reunión del CIC el otro día. ¿No te pareció bastante ABURRIDA?

—¡Puf! ¡No era nada divertida, no! —coincido—. ¡Hasta que les enseñamos a jugar a Añadir!

—Así es. Y, ¿quién LES enseñó ese juego?

—Ya. Muy creativo —el señor Rosa sonríe.

—Quizá reconozcas alguno de ellos —dice tras sacar dos cuadernillos de un cajón y dejarlos sobre la mesa.

—Así es —dice el señor Rosa—. El otro es una colección de dibujos del CIC de la Jefferson. Échale una ojeada.

El estómago se me hace pequeño mientras ojeo el cuadernillo.

—Jo, qué bien dibujan —digo.

—Sí, dibujan muy bien — coincide el señor Rosa.

—Pues… en este no hay HISTORIAS — digo mientras ojeo nuevamente el de la Jefferson—, solo dibujos.

—Así es. En cambio, TU cómic está LLENO de historias. ¡Algunas de ellas muy DIVERTIDAS, por cierto!

—Repito — dice el señor Rosa mientras me guiña el ojo—: muy creativas.

—Sí, pero... ¡sigo sin saber en qué enfrentarnos a la Jefferson! —digo mientras el señor Rosa me acompaña a la puerta.

—Algo se te ocurrirá.

Puntos fuertes. Vale. Lo pillo: soy creativo.

Pero ¿de qué nos sirve eso para vencer al Jefferson en algo?

¡ESO ES! Puede que no haya encontrado la respuesta mientras dormía, como en Gran Cerebro, ¡pero se me ha ocurrido algo! Eso demuestra que al ingenio...

Me choco con Dee Dee que, por alguna razón, está justo en medio de la acera.

—¡Ay, mi PIERNA! ¡Me he ROTO la RÓTULA! —se queja mientras se pone de pie.

—¡Deja de dramatizar y escucha qué idea he tenido! —le digo.

Se le ilumina la cara mientras le describo el plan y, al momento, se pone a saltar a mi alrededor como Spitsy cuando come mucho. Vaya, ya no tiene rota la rótula.

Cuando llegamos, saca una cartulina y rotuladores y pone manos a la obra. Yo llamo a los demás para avisarles. Estamos de acuerdo: es nuestra mejor oportunidad para vencer finalmente a la Jefferson.

Lo primero que hacemos el lunes por la mañana es decorar un poco el vestíbulo de la Jefferson.

—¿Nos están retando a una competición de esculturas de nieve? —se burla Nolan.

—Sorpresa... —me susurra Teddy al oído.

—No tenemos intención de perder —responde Dee Dee.

—¿Y cómo decidimos quién gana? —pregunta uno de los «seguidores» de Nolan, que nos mira con desconfianza.

—Un juez de cada escuela. Es justo —salta Francis.

—Me da igual —Nolan se encoge de hombros—, porque es igual QUIÉN sea el juez...

Se van y nos dejan en su gigantesco vestíbulo lleno de trofeos, placas y títulos de campeón.

—Tienen mucha confianza en sí mismos —dice Chad, preocupado.

—Sí —contesto—, pero no tanta como yo.

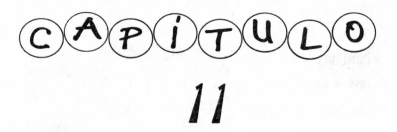

CAPÍTULO 11

El colegio está en ebullición toda la semana hasta que, FINALMENTE…, ¡llega el sábado! El aire es frío, pero no MUY frío. La nieve está húmeda, pero no MUY húmeda. ¡El tiempo ideal para hacer esculturas!

Todos nos ponemos manos a la obra. Por «todos» me refiero a los NIÑOS. La nievetición es para niños. No queremos adultos intentando llevarse la gloria. Ya sabes lo que sucede cuando los «supuestos» adultos se hacen cargo de las situaciones.

Además, que no necesitamos más gente. Ya somos un montón de chicos listos para la acción... igual que los de la Jefferson. Al menos, eso CREO. No es fácil saberlo porque...

—¿A qué viene ESO? —pregunta Teddy.

—Puede que piensen que vamos a copiarles —comenta Francis.

Nolan y otro chico llegan por detrás del colegio. Tiran de una plancha en la que llevan... bueno, ni idea, porque está cubierta de mantas. Los observamos hasta que desaparecen tras la lona.

—¿Qué será eso? —pregunta Chad.

—Quizá es un cadáver... —susurra Dee Dee.

—Si seguimos aquí, parloteando acerca de lo que estarán haciendo los de la JEFFERSON, ¡nunca acabaremos NUESTRA escultura! —suelta Francis.

¿En qué estábamos pensando?: ¡Solo tenemos seis horas! Si queremos crear una obra maestra para las tres de la tarde...

Así que nos ponemos a trabajar. Dejamos de preocuparnos por la lona gigante y empezamos a colaborar como una máquina bien engrasada. Unos niños amontonan nieve, otros la aplanan y, los que tenemos talento artístico, hacemos el resto. La escultura empieza a tomar forma. Y —no lo digo porque fuera idea mía— ¡tiene un aspecto FORMIDABLE!

Yo creo que será suficientemente buena... si mi teoría sobre el punto débil de la Jefferson es cierta.

Pero no lo descubriremos hasta que sean...

—Empezaremos con la de la Jefferson —dice el señor Rosa.

Un par de chicos del CIC empiezan a bajar la lona. Contengo el aliento. Este es… el momento de la verdad de la todopoderosa Jefferson.

Los gritos de los de la Jefferson casi me dejan sordo. Los nuestros están estupefactos. No hay duda: es una escultura estupenda.

Pero yo no miro el caballero, sino al señor Rosa y a la señora Everett. Y ¿sabes qué?

Inspeccionan la escultura por todos los ángulos. Luego, se acercan y se susurran al oído. Finalmente...

—Aquí debajo hay una armadura de verdad —comenta el señor Rosa.

Todos se quedan en silencio. Miro a Nolan. Está… muy NERVIOSO.

—Eso explica el impresionante grado de realismo —dice la señora Everett, que mira a Nolan—. ¿Han usado la armadura vieja que hay en el almacén?

—Eso es verdad —y asiente—. Técnicamente, no se ha quebrantado ninguna regla. Pero cubrir algo con nieve en vez de esculpirlo vosotros mismos…

—¡Lo SABÍA! —susurro.

—¿Sabías que iban a utilizar la armadura? —Chad está desconcertado.

—No —y niego con la cabeza—, lo que sabía es que ¡no eran tan CREATIVOS como nosotros!

Nos acercamos a nuestra escultura y el señor Rosa me toca en el hombro. «Nate, háblanos de la escultura de ustedes».

—¡Por supuesto! —respondo—. Se llama...

—¡Qué pose tan dinámica! —exclama el señor Rosa—.
¡Y me encanta la expresión de la cara!

—¿Cómo han hecho la flecha? —pregunta el señor Rosa
al tiempo que mira a los de la Jefferson—. ¿Han cubierto
con nieve una flecha DE VERDAD?

—Esto no será sangre, ¿verdad? —comenta la señora
Everett mientras estudia la zona roja del talón.

—¡Pues lo has CONSEGUIDO!
—responde la señora Everett
entre risas. Luego, mira al señor Rosa y ambos asienten.

—¡Los jueces tienen un veredicto! —anuncia ella.

—¡Los ganadores de la nievetición son...!

¡... LOS LINCES DE LA E.P. 38!

Explotamos. Nos volvemos locos. Pero locos, LOCOS. Teddy no para de lanzar puñados de nieve, Chad hace ángeles en el suelo y Dee Dee abraza a todo lo que se mueve. ¿Yo? Yo no paro de pellizcarme. Por fin lo hemos conseguido. ¡Hemos DERROTADO A LA JEFFERSON!

La señora Everett me busca entre al multitud.

—Nate, ¡felicidades! Tus compañeros y tú han hecho un trabajo maravilloso.

—¡Gracias! —respondo mientras me agacho para evitar un abrazo de oso de Dee Dee.

—Pero tengo curiosidad. ¿Por qué eligieron a Aquiles para la escultura?

—Nos parecía una buena historia —le digo—. Aquiles pensaba que era invencible, pero lo cierto es que...

CAPÍTULO 12

Por fin, el lunes, la E.P. 38 volvió a abrir sus puertas. Nunca pensé que diría esto…

—Nate, Dee Dee, ¡han ganado el tercer premio en el concurso para niños del *Hilandero de Historias*!

—Entonces, ¡hemos VUELTO a vencer a la Jefferson! —grito.

—Sí —dice el señor Rosa con una sonrisa en los labios—, ¡tienen una buena racha!

—¡Vaya! — exclamo —. Ha quedado... ¡GENIAL!

—¡Sí, es ÚNICO! Seguro que por eso les han dado el premio — dice Francis —. Si no hubieran formado equipo, puede que no hubieran ganado NADA.

Hum, quizá tenga razón. Puede que sin este yeso no hubiera pasado todo esto.

Y todo empezó con un salto desde una mesa de la cafetería de la Jefferson. Qué curioso, ¿eh? Fue un accidente.

NATE ≠ NETA

¿Alguna vez has cambiado la posición de las letras de tu nombre para ver si significaban otra cosa? Yo sí. Y, ¿sabes qué? Que me sale: «Neta». Vamos, «limpia».

Qué irónico, ¿eh? A ver, sé que no soy don Limpio. **TODO EL MUNDO** lo sabe. Pero eso no impide que Francis —que ordena su ropa interior por colores— me lo recuerde mil millones de veces al día.

¡Tienes el pupitre **lleno de basura**! ¡Tienes pintura en la ca... ta! ¡Tienes manchas de gusanitos por toda la c... qué sucio ere...

Francis lleva diciéndome que sea más cuidadoso desde que le tiré zumo de manzana en los pantalones, allá por la guardería. Evidentemente, siempre lo he ignorado. Pero, la semana pasada, mi dejadez lo metió en problemas. ¡Y eso que él nunca se mete en problemas!

Me sentí tan mal que decidí ser más limpio. Y, gracias a Teddy y a su tío Pedro, el hipnotizador,

está funcionando... ¡DEMASIADO bien! De repente, ¡he empezado a comportarme COMO FRANCIS! En serio, creo que voy a volverme loco.

¡Qué lío!
Entérate de todo en
NATE EL GRANDE, ¡EL MUNDO AL REVÉS!

Lincoln Peirce

(pronunciado «purse») es dibujante, guionista y creador de la exitosa serie *Nate el Grande*, publicada en veintidós países. También es el creador de la tira cómica *Nate el Grande*, que aparece en más de doscientos cincuenta periódicos de Estados Unidos y, diariamente, en www.bignate.com.

A Lincoln le gustan los cómics, el hockey sobre hielo y los ganchitos de queso (y no le gustan los gatos, el patinaje artístico y la ensalada de huevo). Igual que a Nate.

Echen un vistazo a la Isla de Nate el Grande en www.poptropica.com. Y visiten www.bignatebooks.com, donde encontrarán juegos, blogs, y más información sobre la serie de Nate el Grande y su creador, que vive con su esposa y sus dos hijos en Portland, Maine.